ri Volanti di Morris Lessmore

WILLIAM JOYCE

ILLUSTRATO DA WILLIAM JOYCE & JOE BLUHM

Rizzoli

Morris Lessmore amava le parole.

Amava le storie

Amava i libri.

La sua vita era un libro che scriveva lui stesso, ogni giorno,
una pagina dopo l'altra. Lo apriva tutte le mattine
per scrivere le sue gioie e i suoi dolori,
tutto ciò che sapeva e tutto ciò che sperava.

Ma ogni storia
ha i suoi momenti drammatici.
Un giorno il cielo si oscurò,
i venti soffiarono impetuosi e...

... tutte le sue certezze volarono via:
perfino le parole del suo libro.

Non aveva idea di che cosa fare o di dove andare.
Così cominciò a vagare.

E vagare.

Poi, un giorno, una felice sorpresa arrivò sulla sua strada. Invece di guardare in basso, come ormai era abituato a fare, Morris Lessmore alzò lo sguardo. E fu così che accadde. Sopra di sé vide una graziosa ragazza che volteggiava appesa a un festoso gruppo di libri volanti.

Morris si chiese se il suo libro potesse volare.
Ma non poteva.
Cadde subito a terra con un tonfo deprimente.

La donna in volo sapeva che a Morris serviva semplicemente
una buona storia, così lasciò cadere il suo libro preferito,
un tipetto adorabile, che invitò Morris a seguirlo.

E lo condusse in un posto straordinario,
dove molti libri si erano fatti il nido.

Morris si avvicinò cauto all'edificio
e una volta dentro si trovò nella stanza
più misteriosa e attraente che avesse mai visto.
Frusciava dello sventolio di innumerevoli pagine.
Morris sentiva il brusio tenue
di un migliaio di storie diverse,
come se ogni libro
sussurrasse un invito all'avventura.

Poi il suo nuovo amico volò verso di lui
e gli atterrò sul braccio. Teneva le pagine aperte,
in attesa di essere letto. La stanza brulicava di vita.

E fu così, tra quei libri,
che la nuova vita di Morris ebbe inizio.

Morris cercava di tenere i libri in ordine,
ma loro si mescolavano di continuo. Le tragedie,
che avevano bisogno di tirarsi su il morale,
andavano a trovare le commedie. Le enciclopedie,
stanche di fatti, si rilassavano con le storie fantastiche.
Tutto sommato era un miscuglio piacevole.

Morris provava grande soddisfazione nel prendersi
cura dei libri: rilegava con delicatezza quelli fragili
e squadernati e dispiegava le orecchie
agli angoli delle pagine.

A volte si perdeva
dentro un libro
senza quasi uscirne
per giorni interi.

Les histoires ont enc

fort que la vie et les idées qui lui

attrapée et l'e

Gli piaceva condividere i libri con gli altri.
A volte i classici amati da tutti,
altre volte un piccolo volume solitario
la cui storia era stata letta di rado.

«C'è una storia per ciascuno» diceva Morris.

E tutti i libri erano d'accordo con lui.

La sera, dopo che tutte le storie erano state lette e raccontate
e ciascun libro aveva ripreso il proprio posto sugli scaffali,
il grosso dizionario pronunciava l'ultima parola:

ZZZ Z Z Z Z Z Z Z z z z z z

Era in quel momento che Morris Lessmore riprendeva
in mano il suo libro. Continuava a scriverci le sue gioie
e i suoi dolori, tutto ciò che sapeva e tutto ciò che sperava.

Passarono i giorni.

E così i mesi.

E così gli anni.

E gli anni...

... e Morris Lessmore
si curvò e raggrinzì.

I libri invece non cambiavano mai.
Le loro storie restavano immutate.
Ormai erano i suoi vecchi amici
a occuparsi di lui, così come
lui aveva avuto cura di loro, e ogni
notte gli leggevano le loro storie.

Il giorno in cui riempì
l'ultima pagina del suo
libro, Morris alzò
lo sguardo e disse
con un sospiro:
«Credo che sia giunto il
momento di andarsene.»

I libri erano dispiaciuti, ma capirono.
Morris si mise il cappello e prese il suo bastone.
Andò verso la porta, poi si voltò, sorrise
e infine salutò. «Vi porterò tutti qui dentro» disse,
e indicò il proprio cuore.

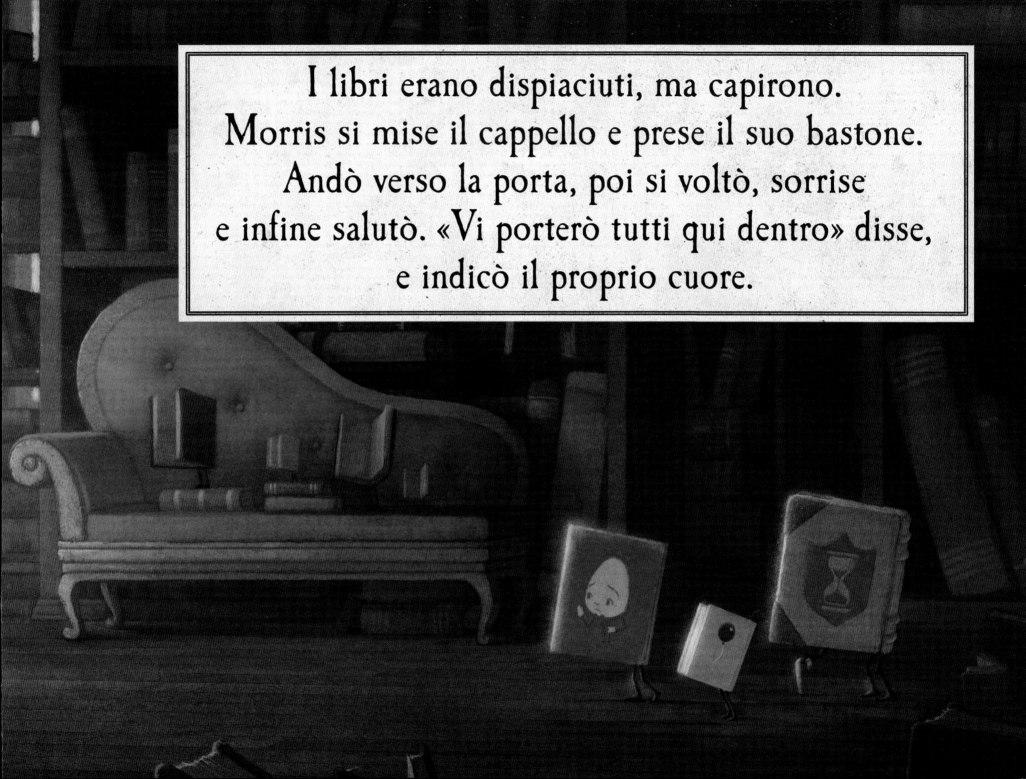

I libri agitarono le pagine e Morris Lessmore volò via.
E mentre volava, ritornò giovane come in quel giorno lontano
in cui li aveva incontrati per la prima volta.

I libri rimasero in silenzio per un po'. Poi si accorsero
che Morris Lessmore aveva lasciato qualcosa dietro di sé.
«È il suo libro!» disse l'amico suo più caro.
Dentro c'era la storia di Morris.
Tutte le sue gioie e i suoi dolori,
tutto ciò che sapeva e tutto ciò che sperava.

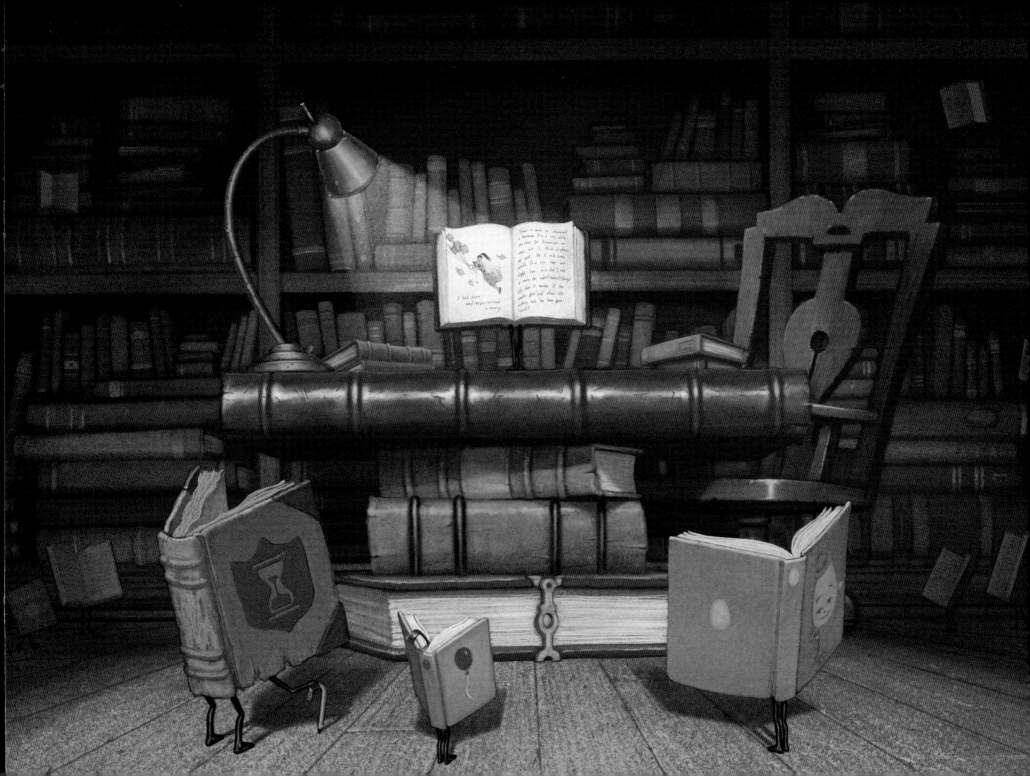

Poi i libri udirono dei passi. Lì davanti a loro, sulla soglia,
c'era una bambina che si guardava intorno stupita.
E poi accadde una cosa incredibile.
Il libro di Morris Lessmore volò fino a lei e aprì le sue pagine.

La bambina cominciò a leggere.
E la nostra storia finisce così come ha avuto inizio.

Con un libro che si apre.

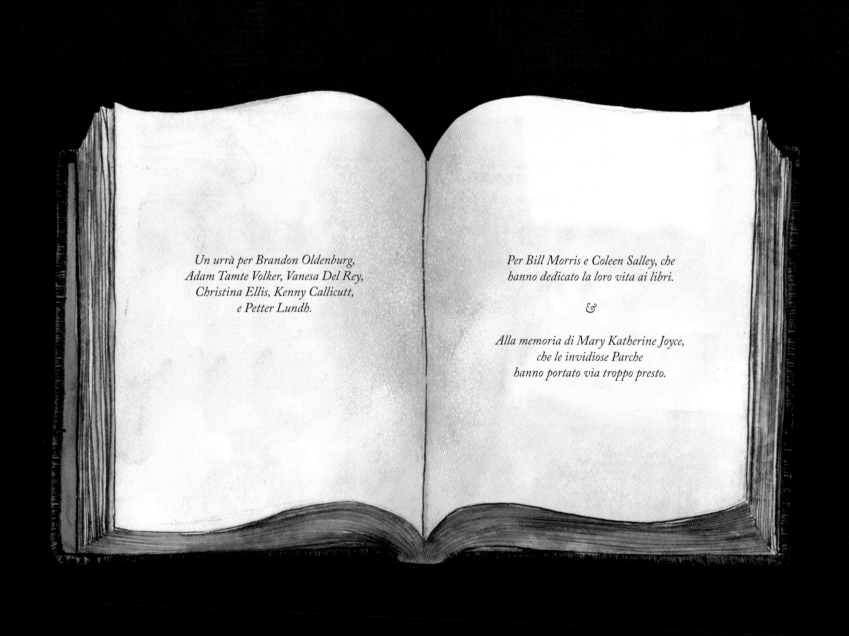

Un urrà per Brandon Oldenburg,
Adam Tamte Volker, Vanesa Del Rey,
Christina Ellis, Kenny Callicutt,
e Petter Lundh.

Per Bill Morris e Coleen Salley, che
hanno dedicato la loro vita ai libri.

&

Alla memoria di Mary Katherine Joyce,
che le invidiose Parche
hanno portato via troppo presto.